Chloé Cordani

L'ETAT D'URGENCE EST DECLARÉ

ANNONCE

Grande nouvelle qui s'abat sur la ville,
Que faire, que penser de tout cela?
Le couvre-feu approche,
Et rien ni personne ne pourra y échapper.

Les nouvelles sont mauvaises,
L'annonce était prévisible.
Dès dix-huit heures du soir,
Plus personne ne devra se trouver dans les rues de la ville.

Provisoire, disent-ils.
Dès le retour à la normale, chacun pourra retrouver sa vie d'avant.
Plus de bars, plus de restaurants, plus de cinéma, plus de théâtre.

Que reste t-il?

Des souvenirs, des attentes, des espérances.
Ce couvre-feu sera t-il assez efficace pour nous débarrasser du mal qui nous entoure?
Sera t-il assez efficace pour nous protéger?

Mais, d'ailleurs, une chose reste en suspend.
Les nouvelles sont mauvaises,
Mais elles l'ont toujours été.

Alors, posons-nous la question.

De quoi devons-nous être protégé?

REACTION

La mise en place du couvre-feu n'a pas été simple,
Disons les choses comme elles sont.
Les gens sont dans l'incompréhension,
A quel moment une annonce pareille pourrait-elle les rassurer?

Dehors, les rues sont de plus en plus silencieuses.
La police fait son travail pour garantir l'ordre,
Les commerces ferment plus tôt,
Mais autant de personnes continuent de se balader dans les rues.

Alors, quel est le but de tout cela?

Quelque chose rôde dans les rues,
On cherche à nous protéger de quelque chose.
Mais de quoi?
C'est dans cela que réside tout le problème.

Car, ne connaissant pas la raison de ce danger,
De ce danger presque invisible et irréaliste,
Les gens ne font pas attention.
Les gens sortent dans les rues,
Les gens continuent à aller voir des amis.
Les gens sont stupides.

On nous abandonne, disent-ils.
On se moque de nous, affirme t-il.

On se joue de nous, pense t-ils.
Ils affirment, ils disent, ils pensent. Mais ils le font tellement mal.

Dans les rues, tout semble normal.
Dans les rues, le calme domine.
Rien ne peut arriver.
Alors, qu'est ce qui se passe?

Il se passe des choses effroyables.
Bien plus graves que vous ne pouvez l'imaginer.

Mais ça, il est bien trop tôt pour que vous puissiez le voir.

NATHAN...

Vie d'adolescent bizarrement chamboulée.
Nathan, un adolescent parmi d'autres,
Voit sa vie changer du jour au lendemain
Par un nouveau mode de vie.

Plus de sortie avec ses amis,
Des allers-retours tolérés uniquement pour aller en cours.
Un adolescent perdu,
Entouré d'adultes dans la tourmente.

Attendre un retour à la normale ne paraît plus pensable,
Quand on voit dans quelles conditions on impose de faire cours.

Renforcer les mesures de sécurité,
être vigilant sur tout ce qui nous entoure,
Pouvoir se fier en personne.
Qui le dit?
Les adultes dans la tourmente.

Nathan, un enfant comme tant d'autres,
Se sent perdu dans ce monde sans réponse.
Tout ses projets semblent prendre la poussière,
Comme un vieux livre trop ancien pour être ouvert.

Les règles sont bien claires,
Il ne doit pas être dans les rues au couvre-feu.
Sinon, les conditions seront de payer une amende.
Une punition qui dérangera davantage ses parents.
Nathan est un adolescent.

Les cours, ce n'est pas ce qu'il préfère.
Mais, avec les nouvelles règles de sécurité,
C'est encore pire.

Alors, il se laisse bercer.
Pourquoi ne pas intégrer une école d'art après les années de lycée?
Après tout,
La situation se sera sûrement arrangée d'ici là.

Les couleurs, la peinture, les pinceaux.
Les crayons, les pastels, les toiles, le papier à dessin.
Transmettre des idées, des états d'âme, des pensées, des humeurs.
Voilà à quoi se résume l'esprit de Nathan.
Car oui, seul le dessin lui permet de communiquer sur ses émotions.

Après le lycée,
Nathan quitte la ville,
Et son couvre-feu par la même occasion.

...QUE T'ARRIVES T-IL?

Vingt minutes avant le couvre-feu.
C'est ce qui est annoncé, il faut faire vite.
Nathan prend les mesures très au sérieux,
Il sera de retour chez lui avant l'annonce du couvre-feu.

Nous sommes au mois d'octobre,
Il fait déjà nuit depuis au moins trente minutes.
Le temps presse,
Si on ne veut pas prendre le risque d'avoir un contrôle de police.

La mère de Nathan a assez d'ennuis pour le moment,
Entre un travail difficile,
Et un adolescent renfermé sur lui-même à s'occuper,
Il sera déconseillé de rentrer avec une amende à payer.

Nathan risquerait de passer un mauvais moment.

Alors, il pédale vite,
Sur son vélo très vite récupéré,
Après la dernière heure de cours de la journée.

Il a plu toute la journée,
Les rues sont glissantes,
Nathan doit faire très attention.
S'il arrive en retard chez lui,
Tout sera de sa faute.
Il aurait pu rentrer bien plus tôt chez lui.

Mais, il a préféré aller dans une librairie pour acheter des comics plutôt que de rentrer à la maison.

La pluie se fait de plus en plus forte,
De plus en plus battante,
De plus en plus traite.
Raison pour laquelle il se doit de redoubler de vigilance.

Dans sa vigilance, il ne voit pas le danger qui le guette.
Caché dans l'obscurité, une voiture noire approche doucement.
Tout doucement, la voiture ralentie,
Pour se positionner à la hauteur du jeune garçon.
Une voix sombre et métallique se fait entendre,
Cette voix lui propose de le ramener chez lui,
A l'heure pour le couvre-feu.

Nathan hésite sous la pluie de plus en plus battante.
Cinq minutes avant l'annonce du couvre-feu.

Nathan accepte, et monte dans la voiture.
Tandis que la voiture s'éloigne dans la nuit,
C'est la dernière fois que nous entendrons parler de Nathan.

LE DEBUT DE L'ENFER

Là, tout dérapa.
En vrille, une situation incontrôlable.
Ce que le couvre-feu avait essayé de freiner ne servait plus à rien.
Tout partait en lambeaux.

Les annonces télévisées ont commencées à en parler.
Les journalistes ont été intrigués,
Les médias se sont agglutinés sur ces informations.

Vous vous demandez toujours pourquoi le couvre-feu a été instauré?
Il fallait contrer des abominations.
Des meurtres. Des meurtres en série et incontrôlables.

Jamais le même mode opératoire, aucun indice.
N'importe qui pouvait être coupable de tout ce fléau.
Des meurtres dans les rues, le plus fréquemment durant la nuit.

Plus rien n'était sûr. Le gouvernement en fît une affaire personnelle.
Mais manque de preuves,
Rien n'aida pour les arrêter.

La seule option fût l'instauration du couvre-feu.
Dès dix-huit heures,
Plus personne dans les rues.
Il le fallait,

Pour le bien de la population.
On ne rigolait pas avec les règles.

Les gens ne le savaient pas,
Du moins, ils fermaient les yeux sur beaucoup de choses.

Alors, quand allèrent-ils enfin ouvrir les yeux?
La réponse est bien simple,
Et bien dramatique en même temps.

Les gens l'ont su,
En regardant les informations télévisées un soir.

Devant leurs écrans,
l'inimaginable se produisit.

Devant leurs écrans,
Le journaliste acheva sa présentation,
Avant de dire bonsoir.

Et avant de se tirer une balle dans la tête.
En direct.

PENOMBRE

Pénombre de la nuit, Pénombre de ton cœur
Au couvre-feu de dix-huit heures chaque nuit
Je sortirai et je t'attraperai.

Pénombre de la nuit, Pénombre de ton cœur
Au couvre-feu de dix-huit heures, tâche de rester chez toi.

Pénombre de la nuit, Pénombre de ton cœur
Au couvre-feu de dix-huit heures prend garde à protéger ce que tu chéris
Car il se pourrait que cela te soit enlevé.

Pénombre de la nuit, Pénombre de ton cœur,
Je suis le présage du malheur que tu risques de rencontrer au couvre-feu de dix-huit heures.

Tu ne te demandes pas pourquoi ce couvre-feu est aussi long?
Tu ne te demandes pas pourquoi ce couvre-feu est toujours en vigueur?

Les rues ne sont pas sûres, mon ami.
Car je suis la Pénombre de la nuit.

Je suis la Pénombre qui te prédis un grand danger dès le couvre-feu de dix-huit heures.
Je suis la Pénombre avide de sang, dans la nuit noire.

Je suis la Pénombre qui enlèvera le bonheur dans les rues de la ville.

Je suis la Pénombre de ton cœur.

CURIOSITE

Des meurtres en série,
Forcément, les gens sont intrigués.
Peur, Nervosité, Anxiété?
Rien de tout cela,
Tout se résume à la curiosité.

Bon, j'exagère.
Évidemment que les gens ont peur.
Peur de mourir?
Peur de voir leur monde si sûr,
Changer du tout au tout.
Qui aime bien voir les choses changer aussi radicalement?
Je vous le demande.

Un journaliste qui se tire une balle dans la tête,
C'est peu commun,
Voire inhumain.
C'est choquant, voyons!
Comment peut-on en arriver là?

Un excès de folie,
Voilà ce qu'il en est.
Des gens meurent, tous les jours.
Cela ne peut justifier une telle situation.
Était-il dépressif?
Après tout, son travail n'était pas de tout repos.

Mais alors, pourquoi ne pas démissionner?
Cela aurait été mieux,
Au lieu de choquer le pays entier.

L'image de cette arme,
Le mouvement qu'il fit en la levant à hauteur de sa tête,
Un «Bonsoir murmuré»
Le bruit de la détonation,
Une marre de sang et un corps s'effondrant sur le sol,
Et puis un écran noir de terreur.

Pourtant, les gens étaient curieux,
Ils voulaient tout savoir.
Connaître la vie de cet homme,
Qui, de toute évidence,
N'allait pas fort.

Il parlait de meurtre?
Des gens meurent tous les jours.
Qu'est ce que cela pourrait-il bien changer?

MAIS QUE FAIS-TU?

Dans la nuit noire des rues de Reims,
Au cœur de la tranquillité hivernale,
Là où nul danger ne demeure,
Tu es là, tu marches, tu es bien trop étrange pour que je puisse l'ignorer.

Le couvre-feu est annoncé,
Plus personne dans les rues.
Et pourtant,
Tu es là,
Tu marches,
Tu me terrifies.

J'ai froid,
Je ne sais plus où je vais,
Tu es maléfique.

Je vois dans tes yeux
Que tu peux me faire du mal.
Tu es là pour me faire du mal.
De quoi parle t-on aux informations?
De meurtres?
Ce ne sont que des histoires, non?

J'aperçois à peine ton visage,
Il est bien trop caché,
Sous cette épaisse capuche noire.
Mais ton sourire diabolique
Étincelle de mille feux,
Il est flamboyant dans ce brouillard épais qu'est l'obscurité.

Oh non, je n'aurais jamais dû sortir dehors.
Oh non, je n'aurais jamais dû ignorer ce qui se passe.
Pourquoi n'ai-je pas attendu que le jour ne revienne?

Tu t'approches de moi,
D'abord doucement, puis en courant.
Je connais mon destin, tu ne me l'apprends pas.
Je vois ton arme sortir de ta manche,
Qu'est-ce?
Une lame de couteau?
C'est tranchant,
Et cela m'ôtera la vie.
Mais, qu'est-je fait pour mourir de cette façon?
Je l'ignore,
Et le doute continue de persister,
Lorsque ta lame se plonge dans mon cœur,
Cessant de battre,
Et me laissant dans l'incompréhension de ton acte.

DENI

Dès les premières heures du jour,
L'annonce arriva.
Une nouvelle victime fût trouvée dans les rues de Reims,
Inerte au sol, seule dans une marre de sang horrifiante.
Des meurtres à Reims?
Impossible!

Pourtant, le corps fût trouvé,
Il était à la vue de tous.
Quelqu'un aurait-il entendu quelque chose?
Un bruit, un cri, des pleurs?
Allez, il doit bien y avoir une explication!

Personne ne voulait en parler,
Il était là le problème.
Personne n'a rien vu, rien entendu.
Quelle heure était-il lorsque le drame s'est produit?
Aux alentours de quatre heures du matin?
Voyons, tout le monde dormait!
Voilà pourquoi personne n'a rien entendu.

Mais, d'abord,
Que faisait cette personne dehors,
Seule, au beau milieu de la nuit?
Ce n'est un secret pour personne que sortir le soir n'est pas recommandé.
Ne l'avait-elle donc pas cherché?
Après tout, la faute revenait à l'inconscience même du fait.

Mais arrêtez donc de nous bassiner avec vos histoires de meurtres en série!
Nous ne sommes plus à l'époque victorienne,
Il faut arrêter d'avoir peur de tout et de rien.
Qu'est ce que vous allez dire ensuite?
Que des détectives,
Tout deux vêtues de longs manteaux,
Et de chapeaux melons,
Adossés à une canne,
Allaient résoudre cette enquête?

Oui, le monde va mal,
Mais pas à ce point.

MURMURES

Les adultes se résignaient,
Les enfants étaient terrifiés.
Rapidement, les parents leur interdisaient de sortir dehors,
D'aller voir des amis,
D'aller seul à l'école.

Les parents restaient méfiants,
Au moins pour les enfants.
Après tout,
La police n'avait pas encore retrouvé Nathan.
Toujours porté disparu,
Et aucune piste à creuser pour le retrouver.
Il fallait protéger les enfants.

Cela angoissa les enfants.
Car, malgré leur âge,
Ils comprirent la situation.
Bien plus vifs d'esprit que les adultes,
Ils savaient que quelque chose de mal,
De très mal les guettait.

Ce fût sans discuter,
Qu'ils comprirent qu'ils ne sortiraient plus dans les rues après les cours.
Les sorties avec les amis,
C'était fini.
Et étrangement,

Cela leurs allait.

Il ne fallait pas parler de ce qu'il se passait.
Personne ne voulait en entendre parler.
Alors, tout doucement,
Ils se murmuraient quelques mots entre eux.
As-tu entendu parler de quelque chose?
As-tu vu quelque chose?
Tu penses que cela pourrait nous arriver?
Pourquoi tu trembles? Tu as peur?

Des gens meurent,
Personne ne sait rien,
Tout le monde peut être victime.
Ou coupable.
Évidement que j'ai peur,
Il faudrait être fou pour ne pas avoir peur.

Voilà à quoi se résumaient les murmures des enfants.
Vous voulez mon avis?
Ils sont bien plus terrifiants que ce qu'on aurait pu imaginer.

ETRANGERE

Dans ce déni total,
Arriva Camilla Monin.
Jeune journaliste,
Partie huit mois en Afrique,
Et qui revient dans sa ville natale,
Complètement déboussolée.

Mais qu'est ce qui se passe ici?
Un enfant qui disparaît?
Un meurtre en pleine nuit?
Un couvre-feu?
Mais pourquoi ne l'a t'ont pas appelé plus tôt?

Il doit y avoir une enquête en cours,
Des meurtres, ça intéresse tout le monde!
Elle aussi, elle pourrait faire partie de l'enquête.
Après tout, on l'envoie pendant huit mois en Afrique
Pour écrire un article.
C'est bien beau,
Mais là, des choses étranges se passent directement chez elle.
À Reims, sa ville natale.
Reims, une ville si tranquille en apparences.
Ce pourrait-il que cette ville arrive encore à la surprendre?

Camilla doit faire vite.
Elle n'est sûrement pas la seule à vouloir se battre pour mener cette enquête.
Son ami et coéquipier, Vincent,

Doit sûrement vouloir en faire partie aussi.
Ils sont parties tous les deux en mission.
Elle comme journaliste, lui comme photographe.
Et si le duo pouvait continuer ici?
Ce serait génial ça!

Camilla Monin,
Étrangère de sa propre ville.
Dans son enthousiasme,
Elle n'est pas préparée à devoir se heurter au déni complet de sa propre ville.
Elle n'est pas préparée à devoir essuyer des refus de la part de la police et de sa propre agence.
Son patron, tranquillement assis sur son fauteuil,
Et ne le quittant sous aucun prétexte,
Va chercher à la renvoyer en mission dès que son article sera fini.
Des histoires bidons de meurtres à Reims,
C'est n'importe quoi.

Non, Camilla!
Tu vas prendre des vacances et te reposer.
Je ne veux pas entendre parler de ces histoires.
Tu n'enquêteras pas,
Le sujet est clos.

INCOMPREHENSION

Se pourrait-il que le monde soit tombé sur la tête?
Une situation des plus inquiétante se passe,
A Reims même,
Sans que personne ne semble sans soucier.

Est-ce que les gens sont drogués?
Véritablement,
Cela rassurerait Camilla.
Les gens ne pouvaient pas être aussi stupides?
Et son patron alors,
Un homme qui ne pense,
Et cela est véridique,
A manger des gâteaux toute la journée,
Dans son bureau de l'agence,
Sans même connaître véritablement les contraintes de son propre métier.
Comment est-il arrivé à la tête de l'agence?
Nous nous posons encore la question aujourd'hui,
Bien après tous ces événements.

Camilla se sentait seule,
Tout à coup.
Dépourvue de repères,
Voire même triste.
Son métier n'avait plus aucune valeur si cette situation ne méritait pas son attention.
Elle ne pouvait pas retourner en Afrique,
Travailler sur un nouveau dossier, un nouvel article,

Si ce mystère rémois n'était pas résolu.

En demandant de l'aide à son coéquipier Vincent,
Elle vit dans ses yeux une véritable avidité.
Une force en lui qui le poussait à mener cette enquête.
Une envie bien trop forte pour pouvoir la contenir.

Mais, lorsque Camilla lui parla de la réaction de son patron,
Car elle était bien obligée de le lui dire,
Malgré cette petite voix dans sa tête
Qui lui implorait de garder le silence,
Elle vit alors cette avidité s'estomper
Et disparaître comme si elle n'avait jamais existé.

C'est ce que craignait Camilla.
Et c'est ce qui se produisit.
Elle se retrouva seule,
Dans une ville où elle se sentait prête à tout.
Mais comment faire lorsqu'on est seul?
C'est l'incompréhension totale qui domina l'esprit de Camilla pendant une bonne semaine.

LE TOUT POUR LE TOUT

Contrairement à ce que nous pourrions penser,
Vincent n'est pas aveugle,
Soulignons cet avantage.
Il voyait bien la détresse de Camilla,
Après tout,
Elle avait raison,
Même s'il la traitait souvent de folle.

La situation à Reims était loin d'être la même,
Lorsqu'il a pris cet avion il y a huit mois,
Pour un autre continent.
Il ne s'imaginait pas combien plus rien ne serait comme avant,
Dès qu'il aurait remis un pied sur le sol français.

Il fallait enquêter,
C'était certain.
Mais l'esprit de Camilla a toujours été bien trop vif,
Pour le monde dans lequel elle se trouve.
Se confronter au refus de leur patron,
Même s'il s'encombrait d'énormes gâteaux tous les jours,
N'était pas une bonne idée.
Il fallait voir les choses autrement.

Alors, il alla voir leur patron.
Il lui parla,
Il le regarda manger.
D'abord content de revoir Vincent, tout se passa bien.
Puis vint le sujet tant redouté,

Et là se produisit une explosion de colère.
Oh non, il ne fallait pas se confronter à ce refus.
Des histoires de politiciens tout ça!
Rien n'est vrai,
Tout est bêtise!
Et si Camilla et Vincent y croyaient alors,
Malheureusement,
C'était le signe qu'ils ne valaient pas mieux que toutes ces personnes qui racontaient tout ça.
Drôle de réaction pour un journaliste.
Vous êtes sûr, patron,
D'avoir déjà été journaliste,
Ne serait-ce qu'un jour dans votre vie?
Allez, dites-moi la vérité.
Vous n'êtes pas né sur ce fauteuil,
On est bien d'accord?
Alors, comment est-ce possible que vous soyez celui qui dirige cette agence?
Celui qui n'hésite pas à envoyer des journalistes à l'autre bout du monde,
Tout ça pour un malheureux article dont tout le monde se fiche?

Quel guignol cet homme.

JE VIENS TE CHERCHER

Seule dans la nuit noire,
Je te vois.
Mais que fais-tu dehors?
N'as-tu pas encore entendu parler de moi?
Ne vois-tu pas ce que je suis capable de faire à des gens comme toi?
Ils ont instauré un couvre-feu, spécialement à cause de moi.
Ils pensaient me freiner de cette façon.
Sauf qu'ils avaient tort,
Car c'est de cette façon que j'opère le mieux.

Tu me vois au loin et je le sais car,
D'un coup,
Tu te figes et reste de glace,
Ici,
Au beau milieu de la rue.
Je te donne un sourire que je veux éblouissant,
Et je sais que tu le qualifie de diabolique.
Et oui, tu te trouves au mauvais endroit.
Et, à cause de l'entêtement des gens de cette ville,
Personne ne viendra te secourir.
Personne ne me voit,
Ils pensent tous que je suis une invention sordide.
Oh, comme j'aurais aimé l'être!
Mais je suis bien réel,
Et tu vas devoir me donner ta vie.
Je viens te chercher.

Je ne t'ai pas choisi personnellement,
Il ne fallait que tu sortes de chez toi.
Tu étais prévenu, mais tu as ignoré les règles.
Tu es la seule fautive de ce qu'il va t'arriver.

Je sors mon couteau,
Tout doucement de ma manche de manteau,
Et je vois que tu es sur le point de t'évanouir,
Tant la panique t'envahit.

Si cela peut te rassurer,
Ce ne sera pas long.
Tu seras vite débarrassé de ce mauvais moment,
Et je partirai doucement.
Comme si je n'avais jamais existé.

Car oui, pour vous Rémois,
Je n'existe pas.

Si je peux vous donner un conseil,
Il est préférable que vous restiez chez vous au couvre-feu de dix-huit heures.

LES JOURNAUX

Pour Camilla, la nouvelle ne fût pas facile à digérer.
Avec le refus de son patron, c'est tout son monde qu'elle remit en question.
D'autant plus que Vincent lui expliqua sa conversation avec l'homme en question,
Et cela n'arrangea pas son humeur.

Mais, les choses se passèrent d'une façon bien inattendue.
Camilla fût réveillée à huit heures du matin par Vincent,
Qui se tenait en bas de chez elle,
Avec quelque chose qui ressemblait à du vieux papier.
Des journaux. C'était les journaux du matin.
Une source d'informations précieuses, même pour des journalistes.
Surtout pour les journalistes.

Le fait que Vincent vienne avec cette source précieuse,
N'allait pas arranger l'humeur général de Camilla.
Pourquoi?
Parce qu'en première page,
Belle et grande page,
Y figurait l'annonce d'un nouveau meurtre,
Dans la nuit,

Pendant le couvre-feu,
Entre trois et cinq heures du matin.
Aucune piste,
Aucun indice,
Le néant total.
Et un patron d'agence toujours aussi borné sur le sujet.

Mais que faut-il à ce monde pour voir enfin les choses?
Ce journal est inquiétant.
Le papier murmure un message terrifiant.
Les lettres veulent se cacher tant elles ont peur de l'annonce qu'elles représentent.

Dehors, tout est silencieux.
Comme un présage.
Un présage dont le messager est le journal.
Quelle pénible mission pour ce pauvre journal.

Pauvre journal.

UN FAUTEUIL TROP PETIT

Le patron de l'agence,
Denis Von Mercier,
N'était pas un homme connu pour son amabilité.
Tous les matins, il alla chercher une grosse boîte de gâteaux,
Fît un clin d'œil à la boulangère,
Et regagna pour toute une journée son fauteuil.
Un fauteuil qui l'avait connu mince,
Puis qui était devenu bien trop petit,
A cause de ces fameux gâteaux.
Tentative de drague?
Simple gourmandise?
Le fauteuil se pose encore la question.

Et pourtant, ce matin même,
Une journée pourtant ensoleillée,
Le fauteuil fût témoin d'une vraie crise de colère,
Dans ce lieu pourtant si calme en temps normal.
Un journal était posé sur le bureau.
Ce fameux journal.
Le début des ennuis.

Tout le monde l'a compris,
Les histoires de meurtres n'intéressent nullement Denis Von Mercier.
Des gens sont venus ici,
Dans ce bureau,
Pour le convaincre de mener une enquête d'investigation.
Il avait été ferme sur sa décision.

Mais quelle arrogance, ce journal!
Tout délicatement posé sur le bureau,
Il parvint à remettre en question la décision de Denis Von Mercier.
Entièrement,
Totalement,
De façon des plus surprenantes.

Mais, le fauteuil n'est pas le seul à se rendre compte de cet arrogance.
Il balança d'abord une tasse.
Pourquoi pas.
Puis le porte-manteau.
Pas mal.
Puis il se dirige vers le fauteuil.
Non, pas le fauteuil!!
Mais il ne fit que s'y asseoir.
Vous pouvez respirer, le fauteuil n'est plus en danger.
Quoique, vu la taille de cette boîte de gâteau,
Il se pourrait bien que le fauteuil n'y survive pas.
A cette allure, il allait devenir de plus en plus petit avant de disparaître sous cette montagne.

Quelle arrogance ce journal.
Courage fauteuil.

DESINVOLTURE

Dans les rues froides de Reims,
Vincent ne comprenait plus rien.
Cela faisait plus de dix ans qu'il faisait ce métier,
Depuis toujours aux côtés de Camilla.
Tout son monde était en train de basculer,
Et personne ne semblait le voir.

Ce matin même,
Denis Von Mercier l'avait appelé.
D'abord fou de joie, Vincent décrocha, en attendant une bonne nouvelle.
Les annonces de ce matin avaient-elles été bénéfiques?
Prenait-il enfin l'ampleur de la situation?
Si personne n'enquête, les meurtres continueront,
Sans cesse. Rien ne s'arrêterait.
Comme ce serait dur de voir sa ville natale devenir une ville meurtrière.
Vincent et Camilla devraient déménager loin, très loin.
Pour ne plus jamais revenir.

Malheureusement, cet appel n'était juste l'annonce que le patron prenait des vacances.
Des vacances? Maintenant?
Inutile de dire qu'il était toujours en vacances, même au travail.
Une pensée pour le fauteuil qui allait pouvoir se reposer.

Mais pourquoi prendre des vacances maintenant?
Besoin de vous recentrer sur vous-même?

Avez-vous lu les journaux ce matin?
Ne me parlez plus jamais de ces maudits journaux!
Des bêtises, rien que des absurdités!

Vous allez quelque part?
Qu'est ce que ça peut faire?
Vous l'avez dit à Camilla?
Pour qu'elle me reparle de son enquête? J'attends toujours son article d'ailleurs!
Elle y travaille, elle y travaille. Vous savez bien qu'elle vous le rendra.
Elle a intérêt!
Bon, vous revenez quand?
Quand toute cette histoire stupide sera terminée.
Avant, ne me contactez pas, ne cherchez pas à me voir, ni à me parler.
Mais alors, qui gérera l'agence?
Débrouillez vous!

Et il raccrocha.
Oui, les choses étaient véritablement en train de changer.
Et Vincent était persuadé que Denis Von Mercier,
Derrière sa désinvolture,
Le savait également.

COLERE

Deux mois après le début du couvre-feu,
La colère des gens commençait à se ressentir.
Plus aucune nouvelle du gouvernement,
Personne pour leur dire si ce couvre-feu était bénéfique,
Et surtout,
Personne pour le dire quand il sera fini.

Alors, peu à peu,
Les Rémois commencèrent à sortir,
Pendant le couvre-feu.
Les restaurants, les bars, les café, les cinémas et les théâtres étaient tous fermés.
Où allèrent-ils?
Partout et nul part en même temps.
Il n'y avait plus rien à faire,
Il n'y avait plus rien à voir.
Même les contrôles de police se firent moins fréquents.

Dans l'absurdité des choses, ils semblèrent trouver un peu de normalité.
Mais, l'était-elle?
Personne ne voyait le danger les guetter,
Car tous avaient fini par penser qu'aucun danger ne rodait.
Tout n'était qu'invention.
On voulait se jouer d'eux.

A dix huit heures du soir, il ne faisait pas encore nuit.
Mais à vingt-deux heures du soir, il faisait nuit noire.
Il était surprenant de voir que les gens étaient encore dehors.
Plus personne ne voulait être chez soi,

Pour aucune raison.

La colère des gens se faisait sentir.
La colère des Rémois était palpable.
Mais, plus encore, ils n'avaient pas encore vu la colère du danger.

Toujours cachée dans la pénombre,
Toujours prête à bondir,
Toujours prête à passer à l'attaque,
La colère devenait de plus en plus forte.

Tant de gens. Tant de tentation.
La tentation de sortir,
La tentation de détruire.
Qui allait gagner?

La colère entendit encore quelques cris de joie autour d'elle, des personnes trop inconscientes.
La colère s'en réjouis pendant quelques instants.

Et alors, les lumières s'éteignirent à jamais.

PANIQUE

A vingt-deux heures du soir,
Ce jour-là,
Toutes les lumières de la ville s'éteignirent en même temps.
Comme une grosse coupure de courant général.
Sauf que le courant ne reviendrait pas.

Les gens commencèrent à crier,
Paniqués comme ils l'étaient tous.
D'accord, il y avait donc bel et bien un danger.
Quelque chose à fuir,
Ou à neutraliser.
Et maintenant, ils sont pris au piège.
Il fallait s'y attendre.

Après tout, ils étaient prévenus.

Ce fût exactement ce que se dit Denis Von Mercier.
Lui aussi était dehors lors du couvre-feu.
Lui aussi était en colère,
Lui aussi voulait protester passivement.
Car, il ne savait pas comment agir autrement.

La panique l'envahissait.
Les paroles de Camilla lui revenaient en tête.
Le visage de Vincent lui revenait à l'esprit.
Ce pourrait-il qu'ils avaient raison depuis le début?

C'est alors qu'il la vit.

Au loin, cette silhouette sombre et mystérieuse.
Une silhouette inquiétante,
Une ombre qui respirait la mort.

Trop vieux, trop petit, trop arrogant.
Désinvolture.
Il avait été stupide.
Bien évidemment qu'il l'était.

Les meurtres étaient réels,
Le couvre-feu était là pour les protéger.
Et il était trop aveugle pour le voir.

Au loin, la silhouette se rapprocha.
C'était un individu, homme ou femme, qui sait?
Son visage est caché sous une capuche,
Denis ne peut voir que son sourire qui étincelle,
Malgré l'obscurité.

C'est cette personne qui a éteint les lumières.
Et c'est Denis qui en paye le prix fort.

OMBRE

Les gens sont stupides,
Il fallait faire quelque chose.
N'ont-ils absolument rien compris?

Je suis l'ombre de la nuit,
L'ombre qui a éteint les lumières.
Et l'ombre qui se nourrit de la panique de tous ces gens stupides.
Qu'il y ait autant de personne dans les rues,
Ne me permet pas de mener ma mission à bien.
Je ne peux semer la terreur,
Au milieu de toute une foule.

Si j'opère la nuit,
Si je travaille dans l'ombre et dans le silence,
C'est bien pour ne pas être repéré.
Il fallait faire quelque chose,
J'ai éteints les lumières,
J'ai plongé la ville dans le noir.
C'est moi qui gouverne,
C'est moi qui décide de l'heure du couvre-feu,
C'est moi qui établit les règles.
Et je peux vous affirmer qu'il restera en vigueur pour un bon moment encore.

Extinction des lumières et un meurtre.
Tout cela en une seule nuit.
Il y a de quoi semer la panique,
Il y a de quoi faire réfléchir.

Je suis une ombre,
Mon visage est entièrement inconnu.
Je me promène avec un couteau et une capuche,
Et vous trouvez encore le moyen de sortir de chez vous?
C'est que vous voulez mourir alors.

Qui suis-je?
Une ombre,
Meurtrière,
Je prends la vie,
Je ne la rends jamais.

Je suis la part qui se cache dans chacun de vous.
La part d'ombre de votre âme,
La part que vous cachez tous.

Je suis votre plus grand cauchemars,
A vous en donner une panique totale.

Si vous vous retournez assez vite, vous pourriez peut-être me voir.
Mais je vous suivrais partout.
Comme votre ombre.

IL ETAIT TEMPS

Camilla bouillonnait de colère.
Dans sa tristesse, elle était en colère.
La mort de Denis l'avait chamboulé, il faut dire les choses comme elles sont.
Elle ne l'aimait pas, c'est un fait, mais il était un homme de compassion.
Quand il le voulait.
Et il était son patron.

Mais la colère l'emporta.
Il a fallu attendre que d'autres drames se produisent pour,
Qu'enfin,
Tout le monde se réveille!
Un nouveau meurtre,
Et l'extinction de tous les lampadaires.

Comment était-ce possible, d'ailleurs?
Oh oui, il était temps que les choses changent.
Il était temps que les journaux parlent enfin de tout cela,
Il était temps qu'une enquête se mette en place.

Camilla pleura la mort de son patron,
Pour l'homme qu'il était,
Mais également parce que,
Dans sa désinvolture,
Il a fini par voir la vérité en face.
Mais bien trop tard.

Et Camilla le pleura sincèrement.

Vincent lui avait fait part de l'appel reçu par Denis.
Il lui avait fait part de son attention de prendre des vacances.
Comme s'il voulait fuir.

Mais alors, que ce passait-il dans son esprit?
Il n'était, certes, pas très dégourdi, ce n'était pas un secret.
Mais il était toujours perspicace.
Camilla se demanda alors pourquoi son patron lui avait-il tenu tête avec autant de ténacité.

Denis était-il si convaincu que les meurtres étaient une mascarade?
Ou alors,
Voulait-il fuir?
Fuir quelque chose ou quelqu'un.
Qui sait?
Il n'était pas très bavard, après tout.
Que de questions.

Oh oui, il était temps.
Il était temps que les gens réagissent.
Il était temps que Camilla et Vincent enquêtent.

CONSTERNATION

Qu'avait provoqué l'extinction des lampadaires?
La consternation des Rémois.
Ils ne s'y attendaient pas,
Ou alors,
Faisaient comme s'ils ne s'y attendaient pas.
Dans tous les cas, le résultat est le même.
Tout le monde était en danger de mort.

Les contrôles de police reprirent à plein régime,
Les écoles étaient minutieusement surveillées,
Les enfants avaient eu raison depuis le début.
Ils se moquaient bien des adultes qui n'avaient pas vu les choses venir.

Tout le monde se regardaient avec méfiance.
Plus personne ne se faisait confiance.
Tout était rompu,
N'importe qui pouvait être l'auteur de ces drames.

On voyait de moins en moins de personne dans les rues.
Et, malgré un couvre-feu à dix-huit heures,
On ne voyait déjà plus personne dès seize heures de l'après-midi.
Cela avait eu son petit effet.

Il était évident que,
Compte tenu des récents événements,
Le couvre-feu n'allait pas être levé dans l'immédiat.
Voire pas du tout.

Beaucoup de famille prirent la décision de partir hors de la ville.
Quitter Reims,
Quitter ce lieu abominable,
Fuir et ne jamais revenir.

Mais qui leur a dit que c'était mieux ailleurs?
Après tout, nous ne savions rien du taux de mortalité des autres villes du pays.

Gens consternés,
Ville consternée,

Et destin plus qu'incertain.

UN NENUPHAR

Il fallait commencer quelque part,
Il fallait commencer les recherches à un endroit.
Camilla et Vincent, assez bien connus dans la ville pour leur travail,
Ne furent pas long avant d'être contactés pour aider à mener l'enquête.

Encore sous le choc des événements récents,
Camilla endossa son rôle et décida,
Toujours avec Vincent, coéquipier depuis dix ans,
De la marche à suivre.
C'était réellement la première fois qu'elle devait mener son travail de cette façon.
Partir à l'étranger, elle savait faire.
Enquêter dans sa propre ville, et avec une histoire qui la touchait particulièrement,
C'était la première fois.

Vincent tenait absolument à prendre des photos de tout ce qu'ils allaient voir et découvrir.
Une sorte de mémorial,
Pour les années à venir de la ville.
La mort de Denis restait un mystère à part entière.
C'est de ce côté qu'il fallait commencer à creuser.

Accompagner d'un agent de police, Barney,
Ils se rendirent à l'agence de journalisme, Boulevard Pommery.
Pour commencer par le bureau de Denis.
Rien n'avait changé,

Tout semblait en ordre.
Le fauteuil était toujours à sa place.

Mais, quelque chose n'allait pas.
Vincent photographiait tout ce qu'il voyait,
Même le fauteuil.
Décidément,
Ce fauteuil a énormément de fan.

Camilla fouilla le bureau en intégralité.
Elle ne trouva aucune photo,
Denis était divorcé.
Il n'avait pas d'enfants non plus,
Ce qui pouvait expliquer l'absence de photo.

Elle trouva cependant un prospectus de la boulangerie en face de l'agence.
Au dos, un numéro de téléphone.
C'était celui de la boulangère,
Et ils comprirent alors qu'il y avait une histoire, une petite histoire, entre eux.

Et c'est là que Camilla le vit.
Le journal.
Avec des lettres entourées au feutre rouge.
Le tout formait un message.
SI VOUS ENQUETEZ, VOUS MOUREZ.

BARNEY

Barney, nom bien étrange.
Du moins, lorsqu'on habite une ville qui est Reims.
Des personnes nommées Barney, ça ne court pas les rues.

Tout juste sortie de l'école de police,
Il pensait pouvoir aller dans un autre endroit.
Dans le sud, près des côtes,
Ailleurs.
Mais non, il s'est retrouvé à Reims.
Ville de son enfance,
Ville qu'il aurait préféré fuir.
Il ne voulait pas être ici.

Barney ne s'attendait absolument pas que sa première vraie enquête se résumerait à cela.
Enquêter avec deux rigolos qui s'improvisent enquêteurs.
Selon eux, ils ont déjà enquêté aux quatre coins du monde.
Barney veut bien les croire,
Mais il aurait préféré être avec des personnes qui connaissent le métier d'enquêteur.
Avec une journaliste et un photographe,
Il se demandait sérieusement où cette histoire allait le mener.

Mais, Barney devait bien admettre qu'il les avait mal jugé.
A peine rentré dans le bureau,
Cette fille appelée Camilla trouva,

Ce qui semblait être,
Un indice.
Un journal.
Étrangement souligné.
Peu commun pour un journal.
SI VOUS ENQUETEZ, VOUS MOUREZ.
D'accord, peut-être bien qu'ils étaient un peu plus compétents qu'il le pensait.

Denis Von Mercier avait été tué par celui qu'il lui a envoyé ce journal.
Barney allait faire bonne impression devant son patron,
En lui ramenant ce journal.
Une preuve,
Un indice.
C'était bien ce qu'il était censé faire?

Rapidement, il comprit qu'il allait devoir rester avec Camilla et Vincent pour un bon moment.
Maintenant qu'ils avaient trouvé ce journal,
Impossible de les faire partir de l'enquête.
Le soir-même, Barney allait devoir faire une patrouille de nuit.
Et il mettait sa main à couper que le duo allait insister pour y participer.

UN FEUTRE ROUGE

Semer la terreur,
Ce n'était pas suffisant.
Il fallait creuser davantage.
Certes, voir la panique dans les yeux de ses victimes,
Cela avait un côté assez distrayant.
Et savoir qu'un couvre-feu avait été instauré,
Spécialement pour les actions commises,
Cela l'envahissait d'une immense vague de joie et de satisfaction.

Éteindre les lumières,
Avait été le bouquet final.
Une explosion de pulsations avait irradié tout son corps,
Des pieds à la tête.
Entendre les cris de panique,
Voir tous ces gens courir dans tous les sens,
Entendre les klaxons jusqu'à l'autre bout de la ville,
Ils ne peuvent pas imaginer le bien fou que cela procure.

Mais, pour en arriver là, il a fallu se débarrasser de quelques obstacles.
Les journalistes.
Il ne fallait pas qu'ils cherchent à savoir,
Il fallait les mettre à l'écart.
Les tuer?
Bien trop long.
Et ce sera mécanique, sans envie, sans intérêt. Il ne fallait pas se forcer.

Il se le refusait.

Les mener en bateau? Semer de fausses pistes, de faux indices?
Pourquoi pas.
Mais ce serait un travail long et ennuyeux.
Sans plaisir.
Il fallait du plaisir.
Alors, un matin, en passant devant un kiosque à journaux,
Il comprit. C'était évident.
Comment n'y avait-il pas pensé plus tôt?
La presse commençait à parler de mystérieux meurtres.
Il était déjà repéré.

Alors, il en acheta un, et s'empara d'un feutre rouge dans une papeterie.
La même papeterie librairie où Nathan avait l'habitude d'acheter ses comics.
Et il rentra chez lui.
Après avoir entouré les lettres de la première page,
Il se chargea lui-même de se rendre à l'agence de ce cher Denis Von Mercier,
Pour s'assurer qu'il verrait bien le message.

Il espérait que cela le terroriserait.

En effet, ils avaient des comptes à régler,
Tous les deux.

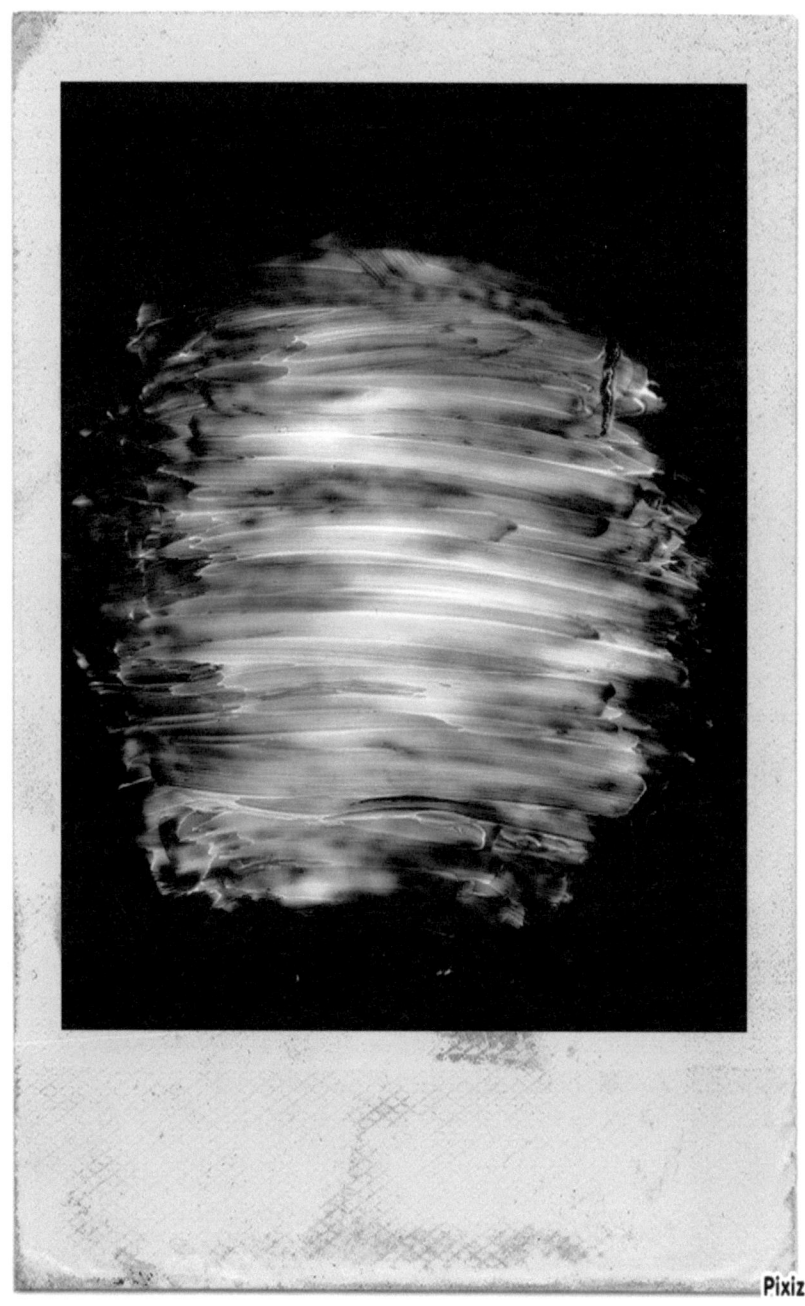

ET VOUS, CA SE PASSE COMMENT?

«Les événements récents», comme aime les définir la presse,
Ont fait que toute la ville vivait différemment.

Les commerces ouvraient plus tôt,
Et fermaient plus tôt.
Chaque boutiques, chaque commerces avaient vu leur sécurité renforcée par les forces de l'ordre.
Les accès furent limité,
Des files d'attentes se formèrent devant les entrées.

Chaque déplacement devait être justifié.
La police contrôlait chaque attestation de sortie,
Et il était préférable que cette sortie soit véritablement nécessaire.

Entre eux, les gens évitèrent soigneusement de se toucher.
Tout contact était à éviter.
Il ne fallait pas prendre le moindre risque de se retrouver dans une situation critique.

Les gens évitèrent de sortir le plus possible,
Par instinct de survie.
Il valait mieux se faire livrer des provisions,
Des colis,
Plutôt que de sortir et de courir un grave danger.

Les meurtres n'avaient lieu que de nuit,
Mais, qui sait ce qui pourrait se passer?

Alors, plus personne ne sortait seul.
Plus personne ne prenait le risque de se retrouver dans une rue sans témoin.
C'était un triste spectacle.
Et cela l'était d'autant plus en voyant, par les fenêtres des maisons,
Les rues plongées dans le noir complet de la nuit.

Les lumières n'étaient pas revenues,
Et elles ne reviendraient plus jamais.

Il était d'autant plus important que les gens se retrouvent chez eux lors du couvre-feu.

D'ailleurs, les commerces fermaient le plus tôt possible.

Et personne ne semblait s'en plaindre.

Alors, comment ça se passe?
Mal
Très mal.
Et rien n'était en train de s'arranger.

LES PATROUILLES

Pendant plusieurs semaines,
Et au grand désarroi de Barney,
Il fût accompagné de Camilla et de Vincent lors de ses patrouilles de nuit.
Dans la mesure où des meurtres sévissaient,
Les patrouilles duraient plus longtemps,
Furent plus longues,
Toujours au grand désarroi de Barney.

Il appréciait Camilla et Vincent,
Il les appréciait beaucoup.
Mais, ils ne faisaient pas partie de la police,
Et cela irrita Barney que «n'importe qui» pouvait s'inviter sur une affaire de police.

En revanche, il en apprenait davantage sur leur ancien patron, Denis Von Mercier.
Un homme quelque peu discret sur sa vie privée, bien que,
Vivant seul,
Sa passion amoureuse avec une jeune boulangère n'était un secret pour personne.
Un homme qui avait, si on en croit les nombreux dossiers de son bureau,
Travailler sur plusieurs enquêtes policières dans sa jeunesse et,
Par la même occasion,
Mis en prison plusieurs personnes.
A chaque fois, cela concernait des vols à main armée,
Des disparitions mystérieuses et...

… Un meurtre.

Un meurtre?
Camilla venait de lire l'information dans l'un des nombreux classeurs qu'elle avait rapporté du bureau.
Et apporté dans la voiture de patrouille de Barney.
Logique.

Une histoire assez sordide et très mystérieuse.
Et pour cause!
Le meurtrier de l'affaire n'avait jamais été retrouvé.
Comment cela se faisait-il que Camilla et Vincent n'eurent jamais entendu parlé de tout cela?
Pendant toutes ces années avachit dans ce fauteuil,
Jamais il n'avait mentionné son passé de détective.

Quelque chose de bizarre se trouvait derrière tout cela.

Les patrouilles ne menèrent à rien de concret,
Ils le savaient tous les trois.

S'ils voulaient avancer dans cette enquête,
Il fallait fouiller le passé de Denis Von Mercier.

Quelqu'un d'autre se chargera de tourner en rond dans les rues sombres de Reims à leur place.

MINUIT SE LEVE

Minuit, heure fatidique depuis la nuit des temps.
Minuit, heure de la mort.
C'est bien connu, non?

Minuit sonne comme un couvre-feu à Reims.
Plus personne dans les rues,
Le noir complet,
La pénombre dominante.
Si tu te trouves dehors à cette heure,
C'est une erreur.
Une erreur fatidique.
Tu n'as rien compris.

Je suis Minuit,
J'existe pour te faire peur.
N'as-tu jamais lu des histoires à ce sujet?
Des histoires de meurtres,
Des mystères angoissants,
Des morts terribles.
Je suis dans l'obligation de te dire qu'elles sont toutes vraies.

Pour faire une histoire,
Il faut un fondement.
Ce n'est pas ma faute si c'est Minuit qui a été choisi.
Je ne suis qu'une heure, après tout.
Ne l'oublie pas.

Les choses sont différentes maintenant.
Plus rien ne tourne rond.
Mon sort a changé,

Je n'existe plus uniquement pour changer de jour.

J'existe pour te hanter,
Te pétrifier,
Te glacer le sang.

Je suis là pour prédire un destin funeste,
La mort,
Le chaos,
Le non-retour.

Alors, reste chez toi à Minuit.
Reste chez toi et,
Surtout,
Prie pour ne jamais me rencontrer.

SOUS SILENCE

Une information.
Camilla avait une information.
A force de recherche,
Elle avait compris ce qui était en train de se passer.

Il fallait qu'elle le dise, à quelqu'un.
A quelqu'un de confiance.
Oui, c'est ça. A quelqu'un de confiance.
Pas à n'importe qui.
Des vies sont sûrement en jeu,
On ne joue pas avec les vies.

Mais, que faire?
Elle est seule chez elle.
Appeler Vincent?
Non, elle ne peut pas le dire au téléphone!
Et si on l'écoutait?
Contacter Barney?
Cela reviendrait au même.
Lui demander de venir chez elle?
Il trouverait cela bien trop suspect.
D'autant plus qu'elle n'est pas censée avoir les classeurs de Denis chez elle.
Barney le lui a interdit formellement.
Pauvre Camilla.
Que vas-tu faire?

Elle venait de comprendre ce qui s'était passé dans le passé de

Denis.
Elle savait qui était derrière les meurtres actuels de Reims.
Elle connaissait la cause.
Elle le savait, elle savait tout!
Mais elle ne pouvait pas garder tout cela pour elle.

La police devait l'aider.

Alors, elle envoya un message à Vincent,
Lui demandant de la rejoindre au poste de police.
Elle n'aura qu'à contacter Barney en chemin,
Il devait sûrement se trouver encore à son bureau.
Il travaillait sur l'indice du journal trouvé à l'agence de Denis.

Il était seize heures de l'après-midi.
Plus que deux heures avant le couvre-feu, elle avait largement le temps.
Au pire, la police la raccompagnerait chez elle.

C'est alors qu'elle ouvrit la porte de son appartement,
Prête à sortir dehors,
Qu'elle vit cette grande silhouette noire juste devant sa porte.

INGENIOSITE

Lorsqu'il reçu le message,
Vincent se trouvait dans son propre bureau,
En train de regarder les photographies prisent pas Denis Von Mercier,
Bien des années auparavant,
Lors de la seule enquête pour meurtre qu'il ai mené durant toute sa carrière.

Les photos étaient dégradées dans leur ensemble,
Vincent devait les regarder avec une loupe pour en voir chaque détails.
C'est là que le détail le capta.
C'est là qu'il le vit.
Cet homme, présumé coupable.
L'homme dont toute les preuves se tenaient contre lui.
L'homme qui avait tout pour aller en prison.
Mais il n'y alla jamais.
Pourquoi? Corruption? Nouvelle piste?
Quel était son nom?
Qu'avait-il fait?
De toute évidence, Denis avait changé sa façon de travailler après cette enquête.
Elle avait eu une répercussion sur le restant de sa carrière.
Ce n'était pas pour rien.

Son téléphone vibra et il vit le message de Camilla.
Elle allait au poste de police et voulait qu'il vienne.
Elle savait.

Bien évidemment qu'elle savait.
Elle savait toujours avant tous les autres.
C'était une journaliste hors-pairs.
La meilleure, l'agent parfait.

Mais, en arrivant au poste,
En arrivant devant le bureau de Barney,
Celui-ci lui affirma qu'elle n'était pas là.
Barney n'avait d'ailleurs jamais reçu de message la concernant.
Bizarre.
Extrêmement bizarre.
Le message a été envoyé à Vincent il y a trente minutes.
Elle avait largement le temps d'arriver au poste.

Elle savait.
C'est parce qu'elle savait qu'elle n'était pas là!
Et c'est parce qu'elle savait qu'il était urgent de la retrouver.

Barney, complètement perdu,
Suivi le reporter.
Camilla savait, disait-il.

Mais que savait-elle?

BON RETOUR PARMI NOUS

C'était lui.
Bien évidemment que c'était lui.
L'homme qui tuait des gens.
Ce même homme qui se trouvait à présent ici,
Chez elle.

Il l'avait assommé lorsqu'elle a ouvert la porte,
Puis était entré et avait attendu qu'elle se réveille.
Une journaliste du nom de Camilla Monin,
Travaillant pour le grand Denis Von Mercier,
Qui joue les apprenties détectives avec la police.
Elle pensait réellement qu'il n'allait pas le remarquer?

Ce couvre-feu,
Cette terreur,
Cette panique générale,
C'était un cadeau pour lui.
Une aubaine,
Un cadeau tombé du ciel,
Comme par enchantement.
Il ne pouvait laisser rien ni personne se mettre en travers de son chemin.
Pour cela,
Il allait devoir tuer cette fille.
Camilla Monin.

Pourquoi a t-il fallu que tu te mêles de ce qui ne te concerne

pas?
Denis t'avait prévenu pourtant.
Tu ne devais pas enquêter,
C'était pourtant clair!

Vous êtes l'homme que Denis a voulu mettre en prison.
Effectivement.
Qu'est ce qui l'en a empêché?
Il s'est attaqué à la mauvaise personne.
Vous n'avez pas tué tous ces gens?
Bien sûr que si!
Alors, qu'est ce qui l'en a empêché?
Il a choisi de protéger sa femme. S'il me mettait en prison, je la tuais.
Du moins, je la faisais tuer.
Denis a vu mon regard, il a su que je ne mentais pas.

Cet homme était réellement terrifiant.
Camilla comprit Denis.
Elle comprit qu'il aurait tué sa femme,
Elle comprit qu'il était effectivement très déconseillé de le croiser dans la rue,
Elle comprit qu'il allait la tuer ici,
Dans son appartement.

UN AUTRE JOUR

Mais, ce scénario n'était valable uniquement sans compter sur l'intervention de force bien plus grande.
Tout une équipe arriva sur les lieux,
Scénario dont le meurtrier n'avait pas pris en compte.
Il doit se faire vieux dans le «métier».

En chemin, Vincent avait tout expliqué à Barney.
Ce qu'il avait vu sur les photos,
Ce qu'il en avait déduit.
Les affaires étaient liées,
Le meurtrier revenait pour se venger.
Sauf que, cette fois,
Il avait décidé par lui-même qu'il aurait carte blanche.
Très grosse erreur.

Camilla ne fit que confirmer les propos de Vincent.
Il s'appelait Thomas Leroy,
Il était l'assassin de toute une famille par le passé.
L'affaire qui avait occupé une grande partie de son temps Denis.
Toute une famille.
Le père, la mère et les deux enfants.
Une affaire qui avait glacé le sang de toute la ville par le passé.
De toute la ville de Reims.
À l'époque, Thomas Leroy n'agissait pas seul.
C'est de cette façon qu'il avait pu facilement menacer Denis de tuer sa femme.
Denis devait abandonner l'affaire.
Et convaincre la police qu'ils étaient sur une fausse piste.

Il devait le faire,
Pour sa femme.

Et c'est ce qu'il fit, en ruinant sa carrière par la même occasion.
Mais alors, voilà que, bien des années plus tard,
Une fois que toute l'affaire fut oubliée,
Il revint bien plus fort encore,
Et avec la véritable intention de se venger de celui qui a tenté de mettre fin à ses agissements.
Non, il ne tua pas sa femme.
Il préféra s'attaquer directement à l'homme en question que fut Denis Von Mercier.
Il se vengea en terrorisant de nouveau la ville.
Il se vengea en le tuant,
Droit dans les yeux.

Cependant, il n'avait pas prévu que Denis se vengerait d'une autre façon.
Camilla et Vincent s'en chargèrent,
En le mettant eux-même en prison.
Denis pouvait reposer en paix pour l'éternité.
Celui qui avait ruiné sa vie allait être jugé de ses actes.
Camilla allait mourir un autre jour.
Et, un autre jour, la ville irait mieux.

RESPIRE, ON NE MEURT QU'UNE FOIS

Le meurtrier derrière les barreaux,
La ville pouvait enfin reprendre sa vie d'avant,
Après des mois et des mois de terreur.
Le couvre-feu resta en vigueur pour encore quelques temps,
Histoire d'être sûr que tout danger fut bel et bien écarté.

La ville pleura ses disparus de ces drames pendant longtemps.
En la mémoire de Denis, de Nathan, de tous les disparus et toutes les autres victimes,
Une cérémonie se déroula devant l'hôtel de ville.

Après cela,
Les choses commencèrent à aller bien.
Barney monta en grade,
Vincent ouvrit son salon de photographe,
Camilla prit la place de Denis à l'agence.
Les choses s'apaisèrent.
Camilla et Vincent avaient en projet de repartir en mission dans quelques temps,
Mais ils prenaient le temps de se poser.
Rien qu'un peu.
Cela faisait si longtemps que le calme n'était pas revenu.

Et un jour,
Camilla le vit.
Dans sa boîte au lettres,

Un journal.
Un journal d'abord quelconque.
Puis, Camilla le retourna,
Et son cœur cessa de battre pendant quelques secondes.
Son sang se glaça,
Elle manqua de défaillir.

Sur le journal,
Des lettres entourées,
Avec ce même feutre rouge.
Un journal,
Des lettres entourées,
Un feutre rouge.

Un message.
Un message rien que pour Camilla.
TU PENSAIS QUE J'ETAIS SEUL? PAUVRE CAMILLA.

Au secours,

                                                L'état d'urgence est déclaré.

© 2021, Cordani, Chloé
Edition : Books on Demand,
12/14 rond-Point des Champs-Elysées, 75008 Paris
Impression : BoD - Books on Demand, Norderstedt, Allemagne
ISBN : 9782322173785
Dépôt légal : mai 2021